오리 날다

오리 날다

초판 1쇄	2020년 07월 17일
지은이	배정록
그림	전하정
발행인	김재홍
편집	이근택
교정 · 교열	김진섭
마케팅	이연실
발행처	도서출판 지식공감
브랜드	문학공감
등록번호	제2019-000164호
주소	서울특별시 영등포구 경인로82길 3-4 센터플러스 1117호 (문래동1가)
전화	02-3141-2700
팩스	02-322-3089
홈페이지	www.bookdaum.com
이메일	bookon@daum.net
가격	12,000원
ISBN	979-11-5622-523-2 43800

CIP제어번호 CIP2020028705
이 도서의 국립중앙도서관 출판예정도서목록(CIP)은 서지정보유통지원시스템 홈페이지(http://seoji.nl.go.kr)
와 국가자료공동목록시스템(http://www.nl.go.kr/kolisnet)에서 이용하실 수 있습니다.

문학공감은 도서출판 지식공감의 인문교양 단행본 브랜드입니다.

오리 날다

배정록 글 │ 전하정 그림

문학공감

전하는 말

　희귀병을 앓던 화가가 있습니다. 겨울이면 몸속의 혈액이 부족해 외출을 하지 못하는 병이었죠. 감기에라도 걸리면 한 달 이상을 고생해야 했던 작가는 운동조차 할 수 없는 몸이었습니다. 이 글은 그의 사연을 듣고 쓴 것입니다.

　누구에게나 꿈이 있습니다. 그러나 뜻대로 되지 않는 현실 속에서 좌절하기도 합니다. 또 그러나 아픔이라는 건 나 혼자만이 겪는 것도 아닙니다. 희망을 가졌으면 좋겠습니다. 어려움을 극복하며 꿈을 향해 가는 오리처럼 우리 모두 꿈을 향해 날아올랐으면 좋겠습니다.

2020년 7월

시인 배정록

차례

오리는 세상에서
엄마가 제일 좋았습니다.

하나,

엄마

마른 갈대 슬피 우는 밤

작은

오리 하나 텅 빈 연못에서

날고 싶어 저 산까지

날고 싶어 저 달까지

엄마는 늘 말씀하셨죠.

"날지 못했으니 망정이지
날 수 있었다면 옛날에 벌써 떠났을 겨!"

"바람둥이는 나쁜 거야?"

"그럼 나쁜 거지. 아주 나쁜 거지."

"왜?"

"책임감이 없으니께."

"책임감?"

"바람둥이들은 그게 사랑이라고 안 하냐."

날지 못하는 아빠 어떻게?

물고기 잡기 선수인 엄마
한 번 자맥질에 물고기 하나
대여섯 마리 삼켰다가

"아 혀. 배가 빵실빵실해야 튼튼해지는 겨."

오리를 등에 업고 헤엄치는 엄마
느리게 느리게 헤엄쳤지요.
속삭이는 바람소리와 햇살의 반짝거림

아빠 없어도 돼

얼굴도 모르는데

친구 없어도 돼

외롭지 않으니까

엄마의 품은 언제나 따뜻했습니다.
어둔 밤의 스산함 속에서도 엄마의 품은 따뜻했고
소쩍새의 구슬픈 울음 앞에서도 편안히 잠을 잘 수 있었습니다.
오리는 세상에서 엄마가 제일 좋았습니다.

연못 가운데의 바위

오리의 놀이터

뛰어내리고 오르며

으샤으샤 영차영차

물고기와 개구리는

머리가 천재

엄마 나타나면 도망치고

아기오리 나타나면 모여들고

그럴 때마다 엄만 그러시죠.

쏜살같이 쫓아가

날개로 물 위를 때리시며

"이놈들아 메뚜기도 한철인 겨!"

아기오리가 잠을 잡니다.
엄마의 등에서 새록새록
조용히 조용히 그늘 찾아 나가는 엄마

해는 지며 노을을 남기고

노을빛 끝나는 곳엔 보석처럼 빛나는 별

잠이 깬 아기오리 입 벌리고 아!

산을 넘어가는

저 높은 산을 넘어가는…

누굴까?

쟤들도 이름이 있을까?

쟤들은 어디로 가는 걸까?

무섭지는 않을까?

비가 오면 숨을 데도 없을 텐데

"엄마 우리도 날개가 있지."

"그럼."

"그럼 엄마 우리도 새지?"

"새지."

"근데 엄마는 왜 못 날아?"

"새긴 샌데 우리는 오린기라."

"오리?"

"오리는 날 수 없는 겨!"

"왜?"

"그래 태어났응게.

하지만 날지 못한다고 기운 빠지지는 말어.

날지 못해도 우린 헤엄을 잘 치잖여.

이래 물갈퀴가 있는 새가 어디 있어!

괴기보다 헤엄을 더 잘 치는 겨.

그라고 날아봐라.

니 아부지 같은 화상들만 좋은 겨."

저곳에서도 여기가 보일까?

저 산 너머에는 무엇이 있을까?

바위에 앉아

생각에 잠긴 오리

고개 들고

바위에서 폴짝

푸덕푸덕 첨벙

머리 위로 갈댓잎 두 개

고기 잡던 엄마오리

너 뭣하냐!

오리가 전부인 엄마
아빠의 몫까지 혼자서 감당하신
따뜻한 품 제일 예쁜
팔딱대며 고기 잡는 엄마 궁뎅이

자들 부러워 말어.

높이 난다고 좋은 건 아니니께.

높은데 오르면 고개만 젖혀지는 겨

속상해 하지도 말어.

태어난 대로 순응할 줄도 알아야 하는 겨.

왜인 줄 아냐?

욕심이란 게 끝이 없기 때문인겨!

날지 못하는 거, 우리가 잘못한 게 아닌 겨.

날지 못하는 거, 우리가 잘못한 게 아닌 겨!

날지 못하는 거, 우리가 잘못한 게 아닌 겨!

날지 못하는 거, 우리가 잘못한 게 아닌 겨!

엄마가

엄마가

엄마가

너무도 따뜻하던 날

바람마저 따뜻하던 오후

'날지 못하는 거, 우리가 잘못한 게 아닌 겨!'

바위 위의 오리

바위 위의 아기 오리

어떻게 하면 괴기 잘 잡는지 아냐?

일단 눈을 크게 떠야하는 겨.

그라고 한 놈만 찍어야 하는 겨.

절대 두 놈 찍으면 안 되는 겨.

요놈보다 조놈이 클 것 같지.

절대 아니여. 고놈이나 요놈이나 같은 겨.

한 놈만 찍어두었다가 목을 높이 들어

주둥이로 물을 팍 찍으며 한 번에 잡는 겨.

요때도 요령이란 게 있는 겨.

그게 뭐냐면 말이지.

궁뎅이, 이 궁뎅이를 부리로 찍을 때 같이

팍! 하고 세워줘야 하는 겨.

그라믄 백 번 다 잡는 겨.

날지 못해도 괜찮은 겨.

먹어야 사는 겨.

괴기한테 지지 말어.

개구리한테도 지지 말어.

오리는 날 수 없는 겨!

어디 있는 거야?

왜 안 오는 거야?

두 밤이나 지났는데 왜 안 와?

엄마가 세상에서 제일 힘세잖아.

그까짓 여우, 이길 수 있잖아.

산 너머에 계실까요?
별님, 달님 보이나요?
우리 엄마 보이나요?

거센 비가 내리던 밤
연못엔 출렁이는 물결
물고기도 개구리도
피신처를 향해 간 밤
오리, 갈대를 잡고 엄마! 엄마!

힘들지?

그럼 손을 놓아.

내가 너를 편안하게 해줄게.

눈을 감으면 고통스럽지 않아.

아주 편안해져.

봐봐 엄마

날 수 있어봐 단숨에 올 수 있잖아.

여우가 다가와도 날아버림 잡히지 않잖아.

높은 곳에 오르면 쉽게 찾을 수도 있잖아.

근데 왜?

왜 자꾸만 오리는 날지 못한다고 하는 거야?

왜? 왜?

돌아오고 있는 거야.

날지 못해 길을 헤매고 있는 거야.

날 거야.

엄마 찾을 거야.

날지 못하는 거, 우리 잘못 아닌 거야!

꽃의 눈물을
보신 적이 있나요?

둘,

제비꽃

연못 끝자락

소나무 한 그루 선

산 다음으로 높은 언덕

깃털이 빠지고
살이 드러나고
여린 물갈퀴는 갈라져 피가

비가 오나 바람 부나

멈추지 않는 연습

어느 날

무덥던 날

해님 심술부리던 날

지쳐 쓰러진 오리

일어나! 일어나! 어서 일어나!

언덕 위

소나무 아래

작은 제비꽃

하늘 보며

눈물짓던

보랏빛 꽃

"어휴! 이 상처 좀 봐. 날기 전에 초상 먼저 치르겠네.

내가 너 맨날 여서 뛰는 거 봤는데 뭐할라고 그리싸냐?"

"…"

"그래봤자 헛고생이여. 왜! 날 수 없응게."

"…"

"날 수 없다니께."

"…"

"미치겠네, 못날어야.

니 맹키로 난다고 염병하다가 골로 간 놈들 여럿 봤어."

"…"

"시방 이것이 끝까지 가만있네. 뭣 땜시 날라고 하는 겨?"

동그란 눈의 제비꽃
양 갈래로 머리 묶고 팔딱대고 있었죠.

그거 알아?

옛날에 이곳에 나무꾼 오빠가 있었어.

오빤 지게를 잘 졌거든

그게 너무 멋있어 가지고, 내가 미쳤지.

그 오빠를 내가 따라간 거야 나무하는데…

그냥 따라갔을 뿐인데 그날 오빠 아빠에게 반 죽었잖아.

"엄마한테 대들다가 잎사귀로 죽도록 맞기도 했어."

"왜?"

"대들다가 맞았다니까."

"도망가지?"

"도망! 도망가다간 숨차서 내가 먼저 죽어."

"근데 넌 왜 날려 하는 겨?"

"그냥."

"그냥이 어디 있어?"

"…"

"쉽지 않을 낀데!"

"…"

"네모난 달도 떠야 하는데."

"…"

"이기 또 말 안 하네."

나는 봄이 좋아.

겨울이 되면 잡것들이 날 괴롭혀.

내 몸의 영양분이 다른 꽃의 1/10밖에 되지 않거든.

그렇게 쪼맨한 걸 가지고 살아야 하니 쫌 힘들지.

모두 내가 죽는다고 생각했어.

그때 장미 의사선생님이 가시로 나를 팍 찔렀거든.

우와! 뒈지는 줄 알았어.

그런데도 이렇게 살아있는 거 보면 나도 내가 대견해. 흐흐

"너네 아빠 바람나서 갔다고 했지?"

"응."

"나는 엄마가 바람났는데.

제비랑 바람날게 뭐람.

진짜 제비야.

꼬랑지 두 쪽 요렇게 갈라지고 배딱지 하얗고 등때기는 까만 놈.

그리고 목은 빨간 놈 있잖아.

그 놈과 바람났어.

강남에서 박씨 물고와 흥부네 잘 살게 해줬다고 하더니 요즘 제빈

바람둥인가 벼.

근데 내 이름이 왜 하필 제비꽃이냐고요!

그렇게 연습해서 어찌 날라고?
궁디 부실 오리! 양쪽에 돌멩이 들고 해야 힘이 생기지!
날갯죽지에 힘이 팍 들어가야 날 것 아녀!

꽃의 소리를 들어보셨나요?

이른 아침에

또는 해질 무렵에

서럽게 목 놓아 우는

꽃의 울음소릴 들어보셨나요?

꽃으로 태어나

꽃으로 살아가다

외진 돌밭에 홀로 남겨진

꽃이라는 이름을 지닌

꽃의 눈물을 보신 적이 있나요?

가시는

자신을 지켜내기 위함이라지요.

그 가시가

내 몸에 박혀야

살 수 있는 꽃이 있습니다.

찔리는 고통에 기절할 쯤에야

하 하고 숨통 트이는 꽃

날 데려가 미친 하느님

이렇게 괴롭힐 거면

그냥 데려가.

나 좀 내버려 둬.

잎사귀는 말라가고
잎사귀는 떨어지고
숨 쉬기 조차 힘겨운 꽃

아빠 돌아가시고 나 많이 힘들었어.

아빠가 나를 키웠거든.

아빤 나를 업고 꿀을 따러 다녔어.

노래도 불러주었지.

지금도 아빠 등이 생각 많이 나.

비가 몰아치던 날
바람 막을 나뭇잎 찾아
아빠제비꽃 밖으로 나갔는데
꺾인 나뭇가지 그 위를 덮쳤다네.
나뭇잎 움켜쥔 채 죽은 줄도 모르고
어린 남매 밤새도록 기다리고 있었지.

얼마 후 오빠도 떠나갔어.

치료가 끝날 무렵에.

차라리 죽게 해달라고 했어.

너무 아픈 치료였으니까.

오빠가 떠난 거야.

영양분 내게 주고

미안하단 말 남기고 하늘 길을 찾은 거야.

나도 가고 싶었어.

아빠가 보고 싶었으니까.

하늘로 날아가면

만날 수 있을 거야.

아빠 만날 수 있을 거야.

그래 그럴 거야.

만날 수 있을 거야.

그리고 오리 너

할 수 있을 거야.

날 수 있을 거야.

너의 병 꼭 고쳐줄 거야.

갈댓잎 모아와 집을 만든 오리
작은 바람도 들어가지 못하도록
한 겹 덧대어 집을 만들었죠.
바닥엔 털을 뽑아 자리를 깔고
혹여나 제비꽃 답답해할까
비닐조각 물어다가 창도 만들었죠.

겨울이 시작되기 전의 바람이었지만
제비꽃은 한 달이나 누워 있어야 했습니다.
열은 오르고 줄기와 잎사귀는 부어 터질 듯했죠.
오리는 제비꽃이 가엽기만 했습니다.

"그런 눈으로 보지 마.

봄이 되면 괜찮아질 거니까.

이까짓 추위쯤은 아무것도 아니야.

장미 가시로 찔리는 고통도 견뎌냈는데!"

"넌 슬프지 않았으면 좋겠어."

"걱정 마. 난 못된 꽃이라 슬프지 않아!"

"봄이 되면 괜찮아지겠지?"

"봄이 되면 파닥거릴 거야."

"봄이 되면 날 수 있을까?"

"봄이 되면 되지 않을까."

"봄이 되면 꽃이 피겠지?"

"봄이 되면……. 봄이 되면 산으로 가자.

들로 가자.

놀러 가자.

가서 꽃에게 이름 지어주자.

해가 바뀌면 또 가자.

그 놈들이 잘 있는지 우리 꼭 확인하자."

봄이 왔으면
봄이 왔으면

달의 뒷면에는 천국이 있대.

아빠도 그곳에서 걸어 나와 나를 보실 거야.

하지만 여기서는 달의 뒷면을 볼 수가 없어.

그곳에도 꽃이 피고 새가 날겠지.

너처럼 오리도 있겠지.

아빠, 거기서 새장가 갔을까?

거기서도 꿀 따고 있겠지.

하지만 오빠 뒈지게 맞고 있을지 몰라.

"나 1분만 바람 쐬고 싶어."

"또 아프면?"

"오늘은 춥지 않을 것 같아.

잠시만이라도 바람 쐬고 싶어.

네 날개속이라면 괜찮지 않을까?"

평범함이 행복임을 잊고 살아.

말할 수 있는 것

느낄 수 있는 것

숨 쉴 수 있는 것

늘 자신은 불행하다 생각해.

봄에 피는 꽃을 봐.
나처럼 겨울엔 꼼짝없이 갇혀 살다가 피는 거야.
나는 너의 덕에 이렇게 좋은 집에서 겨울을 보내는데…
근데 오리야, 나 조금 슬퍼.

내가 무엇을 잘못했나요?

도대체 얼마나 더 아파야 속이 풀릴 건가요?

그냥 데려 가세요.

아빠 계신 곳으로 그냥 데려가라구요!

싸우고 싶습니다.

쫓아내고 싶습니다.

해줄 수 없다는 것이 아프기만 한 오리

조그만 집

종일 갇혀 지내는 꽃

열이라도 나면

심장이 요동치다 의식을 잃는 꽃

나 얼음타고 싶어.

눈싸움도 하고 싶어.

너 꼬리 잡고 썰매도 타고 싶어.

얼음과자 냠냠 언제 먹어보누?

달나라에 가면 약이 있을 거야.

그럼 너도 얼음 탈 수 있어.

눈싸움도 할 수 있어.

너의 병 꼭 고쳐줄 거야.

생각만으로도 기쁜 걸.

내가 얼음 탈 수 있다는 거

봄은 오는 거야.

겨울은 가는 거야.

제비꽃, 꿈을 꿨어.

엄마랑 살던 갈대밭 뒤에 자두나무가 있었어.

봄이면 눈처럼 하얀 꽃이 날리며 떨어졌었지.

근데 그 자두나무 한 그루가 꿈에 나타난 거야.

나무에서 꽃이 피고 있었어.

나는 꽃을 보며 소리를 쳤어.

제비꽃! 봄이 왔나 봐. 꽃이 피었어. 꽃 폈어 제비꽃!

멀지 않았어.

간절히 바라면 이루어지는 거야.

너의 마음에 있는 것처럼 내 마음에도 간절함이 있어.

그게 봄이야.

세상엔 아프지 않은 것이 없어.

봄에 핀 꽃에도 눈물이 있어.

가만히 들여다 봐.

그리고 들어봐.

꽃의 눈물을 그리고 속삭임을

느낄 수 있어 봄이 옴을.
봄이 온 거야, 그렇지 오리야?

믿어.
저 하늘까지 날아오르리란 걸.

넷,

오리 날다

제비꽃!

이것 봐! 이것 봐!

"지금 뭐한 겨!"

"…"

"애들이 꽃 피울라고 얼마나 애쓴지 알아?

봄 한철 꽃 피울라고 긴 겨울을 버티는 거야.

근데 그것을 네가 왜 꺾어? 네가 뭔데!"

"너 주려고, 네게 주고 싶어서."

"누가 나를 꺾었다고 생각해봐.

넌 좋겠니?

내가 없어지는 건데.

예뻤다면 날 데리고 가서 보여주었으면 되잖아.

근데 왜 네 맘대로 꽃을 꺾어?

왜 자랄 때까지 지켜주지 못하니?

왜 기다려주지 못해?

너 아주 나쁜 오리야. 못된 오리야!"

가시덤불 헤치며 꺾어온 꽃

제비꽃 닮은 연분홍 꽃

찾아온 봄

보여주고 싶어

세상을 다 줘도 바꾸지 못할 너이기에

그래서

그래서

풀잎에 맺힌 이슬을 봐.

예쁘지 않니?

이슬 속에는 세상이 있어.

눈으로 세상을 본다지만 아니야.

마음으로 보는 거야.

예쁘지?

슬퍼서 더 예쁜 거야.

그래서 함부로 꺾어선 안 되는 거야.

"네 생각에 심장이 터지는 줄 알았어."

"나도 심장이가 터지는 줄 알았어."

"비눗방울이 터지고 생기기를 반복했어."

"지금도 내 가슴엔 비눗방울이 떨고 있어."

그러니 이젠 돌아서지 마.

슬프니까.

그렇게 가버리면 너무 아프니까.

따스한 햇살

돋아나는 새싹

우아한 날갯짓으로

연못에 내려앉는 왜가리 아저씨

저렇게 날 수 있다면
저렇게 태어났다면
납작한 부리
갈퀴 달린 발

날고 싶지? 눈을 보면 알 수 있어.
하지만 네 눈엔 미움과 원망이 남아있구나!

아저씨는 미움과 원망이 없나요?

"나는 너완 조금 달라."

"뭐가요?"

"운명."

"운명?"

그래, 운명.

나는 첨부터 날 수 있는 운명을 가지고 태어난 거야.

그렇다고 첨부터 날 수 있었던 건 아니야.

바람에 내 몸을 맡길 수 있게 됐을 때야 날 수 있었지.

아무리 날개의 힘이 좋아도 비우고 순응하지 못하면

날 수 없는 거야.

물론 너는 더 많은 노력을 해야겠지.

아저씨가 부러워요.

그 마음도 버려야 해.

그건 열등의식이야.

미움을 낳아 증오로 이어지기도 하지.

그렇게 해서 자유를 얻을 수 있을까?

자유롭지 못한데 하늘을 날아?

기억해.

마음을 비울 수 있을 때에야 만이 날 수 있다는 걸.

날고 싶음 정신을 가다듬어.

힘센 날개가 있어도 몸과 마음이 하나가 되지 못하면

날지 못하는 거야.

눈을 감고 생각해.

자유롭게 나는 네 모습을

바람난 아빠

엄마를 물고 간 여우

죽일 듯 내렸던 비와 깔깔대던 개구리

마음에 둔다는 것

달라지지 않는다는 것

되돌릴 수 없다는 것

힘들면 여기 누워

아직도 아저씨 생각하는구나!

한 달도 넘게…

기력 빠지면 암 것도 못해.

자장가 불러 줄 테니 내 무릎에서 잠을 자.

오리야.
비눗방울이 왜 뜨는지 아니?
비울 줄 알기 때문이야.
흩어져도 울지 않는 구름은
자신을 버릴 줄 알기 때문이야.

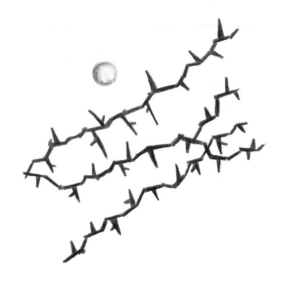

어디든 자유롭게 날아가는 바람이 부럽기도 하겠지.

하지만 바람은 가시덤불 속으로도 들어간단다.

넌 그럴 수 있니?

너 자신을 희생할 수 있니?

날고 싶다는 건 상처가 있기 때문이야.

그 상처가 있어 날고 싶은 거야.

아니? 나도 날고 싶었다는 거.

하지만 사랑 없이는 날 수가 없어.

내 목숨을 버려서라도 지켜주고픈

그런 사랑을 할 때만이 날 수 있는 힘을 가지는 거야.

너도 날고 싶었다는 거 알아.
네 눈이 말해주고 있었거든.

세상은 아름다운 거야.

꽃의 이야기를 들어봐.

풀잎의 소곤댐을 들어봐.

하나같이 모두 아름답기 그지없어.

그렇지 않니 오리야?

어둠 내리는 저녁

평온한 눈빛

듬직한 등허리로 내리는 달빛

아빠가 들려주신 이야기가 있어.

아빠는 바람과 친구였어.

그래서 세상 곳곳의 이야기를 들었지.

저 하늘에는 조그만 왕자가 사는 별이 있대.

사람들은 어린왕자라고 하는데 별 이름이 소혹성 B-612호래.

그 별은 너무 작아서 걸어서 몇 발자국이면 한 바퀴를 돈대.

자리만 조금씩 옮기면 하루에도 수없이 해가 뜨고 지는 것을

볼 수 있다는 거야.

또 거기엔 분화구도 있고 장미꽃도 하나 있다고 했어.

가끔 그 별을 생각해볼 때가 있어.

근데 오리야.

이젠 어린왕자도 어른이 왕자가 됐겠지?

나도 비슷한 얘길 알고 있어.

엄마가 들려주셨지.

어디서 들었는지는 몰라.

지어낸 것인지도 모르고.

별이 모인 것을 은하계라고 한대.

저 멀리 어딘가에 안드로메다라는 은하계가 있다는 거야.

거기로 가는 999라는 기차가 있는데

소년과 예쁜 누나가 그곳을 찾아갔다는 거야.

근데 제비꽃.

이젠 둘이 결혼했을까?

반짝이는 오리의 눈

독수리도 이길 만큼의 굳센 날개

등 위로 뛰어오르며 깃털 움켜쥐는 제비꽃

어젯밤 저 바위까지 날았어.

믿어.
저 하늘까지 날아오르리란 걸.

함께 날아가고픈 곳
달빛 내린 언덕에서 날개를 편다.

날아가자 저 달까지 날아가자 저 별까지
어린왕자의 별을 지나 오늘밤 우리 날아서 가자.

"꼭 잡아."

"응."

"안드로메다은하까지 갈 거야."

"응."

"어린왕자의 별에도 들를 거야."

"응! 응! 응! 내 첫사랑 어린이 왕자."

"아빠 계신 곳은?"

"거긴… 어린이 왕자 보고!"

"이제 주문을 걸어줘."

"알았어. 숨 가다듬고, 천천히 고개 들고 날갯죽지에 힘!"

"..."

"잠시 기다려. 달이 완전히 뜰 때까지."

"날 수 있겠지?"

"그럼! 온 마음을 날갯죽지에 두고 하늘을 그려봐."

"네모난 달이 아니어도?"

"콱! 네모난 달이라고 생각해."

"달이 떠올라. 저길 봐."

"..."

"고개 쳐들고! 다리에 힘!"

"..."

"콱! 궁디!!"

"..."

"됐어. 땅을 박차고 뛰어올라.
오리오리! 오리오리!"

호수 위 오리 한 마리

하늘 날겠다며 푸덕일 때

둑 위의 제비꽃

눈을 감고

숨을 참고 궁디 바짝 들고

날갯죽지에 힘을 줘봐.

달님 돌아 은하수 타고

소혹성 B-612호

등에 업힌 제비꽃 꽥! 꽥! 꽥!